DISCARD

Paulina

"Todos los dolores pueden ser llevaderos si puedes ponerlos dentro de una historia"
Karen Blixen, *Letters from Africa*

Paulina, una historia sobre el fin de la vida, para pequeños y grandes, 2019
Amélie Javaux, Corinne Huque, Aurore Poumay, Charline Waxweiler y Annick Masson
28 pp., 24.5 x 24.5 cm
ISBN 978-84-16470-21-1

© Amélie Javaux, Corinne Huque, Aurore Poumay & Charline Waxweiler por el texto, 2018
© Annick Masson por las ilustraciones, 2018
© Andrea Salcedo Margain por la traducción al español, 2019

© Fineo Editorial, S.L.
www.editorialfineo.com
info@editorialfineo.com
Madrid

Amélie Javaux • Corinne Huque • Aurore Poumay • Charline Waxweiler
Illustrado por Annick Masson

Paulina

Una historia sobre el fin de la vida,
para pequeños y grandes

Cada mañana, cuando sale el sol en la granja, Paulina se pone contentísima.

Paulina es la favorita del corral.
Es mi tía y ¡todos la adoran!

¡especialmente yo!

Ella fue quien me ayudó
a hacer mi súper juguete de madera.

Yo me llamo Florencia.
Me encanta dar vueltas y girar.
Me fascina atrapar insectos.

¿Mi plato favorito?...
¡mosquito a la parrilla!

Me encantan los abrazos
de mamá...

y las tardes con papá.

Odio cuando hace frío.

Detesto que Paulina esté enferma.

No me gustan las tablas de multiplicar.

¡Y odio las malas noticias!

El miércoles fue un día lleno de malas noticias.
La primera, en el desayuno, fue ver a mamá y a papá
con los ojos rojos.

Me asustó tanto que ni siquiera me tomé mi zumo de frambuesa.
Me fui a la escuela rapidísimo, sin siquiera cantar.

Esa tarde, cuando salí de la escuela, Juanito vino a recogerme.

Me gusta más cuando viene papá.

9

Esa noche papá no vino a casa.
Mamá me dijo que estaba con
Paulina, su hermana.

Y ahí fue cuando llegó la
noticia más mala.

—El médico ha probado muchos tratamientos
diferentes, pero la enfermedad ha avanzado mucho
y ahora es muy grave— dijo mi padre.
No hay nada que él pueda hacer por Paulina.

Desde entonces, todos nosotros cuidamos de Paulina lo mejor que podemos.
Ella tiene todas las comodidades, descansa en un nido acogedor y muy bonito.
Cuidamos cada una de sus plumas; incluso ella puede comer semillas de girasol cuando se le antojan.

A veces, Paulina duerme todo el día.

Saber que ella tiene a su lado tanto amor me ayuda un poco, pero aún así, antes de irme a dormir, necesito abrazos adicionales de mi mamá.

Hoy, Coco, Piolín y yo iremos a ver a Paulina.
Podremos bromear con ella haciéndole cosquillas
en las plumas.

—¿Qué importa si Paulina está enferma?—
—¡Me fascina por su forma de ser!—

La visita no fue para nada divertida.
Papá y Juanito empezaron a llorar.

Coco y Piolín salieron
corriendo a esconderse.

Me siento muy sola.

Me armo de valor y pregunto:
—¿qué está pasando?—

Papá me explica:
—Paulina tiene mucho dolor, está cansada
y ya no puede moverse.—

—Debes entender que Paulina se va a morir pronto.—

Paulina me pide que suba a su nido.
Me abraza muy cerca... más cerca de lo normal.

Paulina le ha dicho al médico que prefiere morir antes que sentir tanto dolor.

El doctor dijo que podía ayudarla a descansar y quitarle el dolor.

No lo entiendo, ¿no se supone que el doctor debe intervenir para curarla?

De vuelta a casa,
se me ocurre un plan.

—¿Y si me quedo cerca de Paulina y
la abrazo muy fuerte?—
Eso la haría sentir mejor,
y también yo me sentiría mejor.
Y si soy realmente amorosa, ella
ya no se querrá morir.

Papá todo el tiempo va a ver a Paulina.

También el médico va todos los días
a revisar a Paulina.

Mamá está desconsolada y llora
mientras abraza a Paulina.

Incluso Gaby, a quien no había
visto durante mucho tiempo, fue a
visitar a Paulina.

Yo le regalo a Paulina mi mejor dibujo.

La abrazo tanto como puedo.
Ella me agradece y me dice que me quiere mucho.
Y que está muy cansada.

Paulina no mejora.

—¿Cuándo morirá Paulina?—
—Nadie lo sabe— me responde mamá.
—Su enfermedad está avanzando. Ella tiene dolor en todo el cuerpo: en la cabeza, en el corazón... como el médico no ha podido aliviar su sufrimiento, recomendó darle un líquido para que ya no sienta dolor antes de morir.

Paulina no podrá hablar con nosotros ni volver a vernos. Será como si estuviera dormida, en un sueño muy profundo— me dijo.

Mamá me hace recordar los buenos momentos con Paulina.

Sonrío...

un poco...

mucho.

Todos nos reunimos con ella para
hacer una fogata y comer muy rico.

Hablamos.

Reímos.

Cantamos.

Y lloramos.

23

Al día siguiente vino el médico.
Le puso unas gotitas a Paulina para que ella ya no sintiera dolor.

Cuando yo entro a la habitación a ver a Paulina, le hablo, le acaricio las plumas, pero ella no responde.
Parece que está dormida.
Sé que ella no se despertará.

Ella ya no tiene dolor.
Saber eso me hace sentir bien.

Pocos días después, Paulina murió sin sentir ningún dolor.

Las lágrimas brotan y ruedan por mi cara.
Pienso, *realmente te voy a extrañar Paulina...*

A veces me siento triste cuando pienso en Paulina.

Entonces juego con mi juguete y la siento cerca,
pienso en todos los buenos momentos que
pasamos juntas.

Esta mañana en la granja ha salido el sol.
Me voy volando, haciendo volteretas y giros enormes.
El espíritu alegre de Paulina me acompaña.

Paulina, una historia sobre el fin de la vida, para pequeños y grandes
de Amélie Javaux, Corinne Huque, Aurore Poumay, Charline Waxweiler
y Annick Masson se imprimió en México, en julio del año 2019.